파랑 또는 파란

b판시선 009

송태웅 시집

파랑 또는 파란

도서출판 b

첫 시집을 내고 오랜 날이 지났다
살기 위해 서울, 인천, 광주, 제주 등지를 떠돌다
살아 보기 위해 지리산 자락 구례에 짐을 풀었다
떠돌던 짐들 사이 여기저기에서
메모해 둔 시들이 담뱃가루처럼 흩어졌다
그것은 낙타를 끌고 와 천막에서
별들의 운행을 관찰하는 유랑자의 시편이었다
근대의 여명을 보기도 전에
중세의 암흑으로 돌아가려 하는 요즘
황야에서 유랑자가 피우는 화톳불과도 같이
미약한 온기나마 이 세상에 보내고 싶다

| 차 례 |

제1부 길가에 선 단풍나무는

제1부

길가에 선 단풍나무는

고요의 얼굴

가을은 추사에게 당도하는 초의의 서신처럼 누군가의 안부
를 걱정하는 사람의 눈빛으로 오는가 추사가 그랬다지 그대
나를 걱정하는 편지 더는 보내지 말라고 초의가 보내온 차
한 줌 우려 마시면서 추사는 뭍에 사는 이의 뜻을 다 알아챘으리
마루에 홀로 앉아 여기 내려앉는 고요를 다 마시듯이 가을
저녁은 사막처럼 적막하지 하지만 한 점 바람이 쥐꽃들의
사금파리 같은 얼굴들을 흔들고 급기야 마당 앞의 대추나무
미친 듯 춤추게 하는 회오리바람도 왔다 가리라 마루에 깍지
끼고 누운 사람도 낯선 꿈꾸며 그날 밤의 잠을 청하게 되리라

가을밤

다시 밤이 오는구나
강물은 흘러가도
쉼 없이 흘러오는 것처럼
별빛은 흘러내려
오늘이 영원임을 말하려는 것처럼

우리의 끝이란
영원으로 가는 한 정거장
오래된 의자에 앉은 사람처럼
고독은 오일장마다 찾아오는구나

어느 가을햇살 반짝거리던 날
그대가 하이힐을 손에 든 채
플란넬스커트를 살짝 추켜잡고
냇물을 건너 내게 오던 기억은
이제 어둔 밤하늘의 별자리처럼
아련하여라

밤도 고독도

깊어질 대로 깊어져

곳간에서 발효하는 액젓처럼

삶의 저 밑바닥부터

부글부글 끓는구나

소진

자정 너머
별빛 이슬과 함께 내릴 때
섬진강변 집에 들어가
아궁이에 불 피우고
나무토막을 던져 넣었다

논가 한 샌* 집이 불에 타
무너져 내린 잔해들이었다
한 집안의 세간
모조리 태워 버리고
세세토록 전해져 온
그 집의 내력까지 소진하고

이제 이웃에 이사 온
한 사내의 아궁이에 던져지는구나
남의 집 태우는 거 같아
기진맥진해져서

죽은 듯이 잠들었다
새벽녘 요 아래 손을 넣어 봤더니
따뜻하기 이루 말할 수 없었다

한 마음이 쓰러지는 데에서
한 마음이 일어나는 거였다

* 생원生員의 전라도 사투리

유적流謫

라면상자 두어 개로 거처를 옮기고
여름 햇살 폭주하는
낯선 마당을 서성이는데
거뭇거뭇 자라는 벼이삭들이
자네 이리 좀 와 보라고
손짓을 하데

수삼 년 전화 한 통 없던 이가
느닷없이 나타났다는 듯이
무심한 사람
제 솔가하던 식구들은
뿔뿔이 흩어지고
세간은 탕탕히 깨먹고는

마침내 스스로 유배 온 사람처럼
담 없는 담 안에서
오일장에 나온 강아지의 눈빛으로

흙먼지 쌓인 마루에 앉는데

현세는 길고 내세는 짧은 건가
제 나온 근본은 기억나지 않고
제 걸어갈 날들은 끝없는 평원이어서
그 평원은 온통 길 없는 길들이어서
이제 비로소 제 어미 손 잡고
길 나서던 날 떠올려 보네

소리

제 소리에 새겨진 지문
잃어 버릴까봐
새들은 제 내는 소리에
저리 목매다는 걸까
자정 넘어
모기장 안에 든 사람
제 생에 스며든 소리
애써 기억해내려
잠 못 드는 것처럼

혼자

나에게 스며온 너라는 어둠

너에게 전염되어간 나라는 불치병

조금씩 일찍 떠나버리는 버스를 바라보며

혼자는 혼자를 만나 드디어 혼자가 된다

어두운 기억의 저편

철제문을 열면
어두운 구석에
처음 던져지던 그대로
찡그리며 이쪽을 보는 것들

선무방송이 난타하는 거리의 기억들
의식은 미숙아처럼 뒤뚱거리며
식민지와 공화국의 중간쯤에 멈춰 서서
우리는 어느덧 미라가 돼서
덜 썩은 머리카락
충치 먹은 어금니들과 함께
이 짙은 어둠 속을 견디었을까

혼자 서지 못하는 생은
누군가 태엽을 잘못 조여 놓은 것처럼
알 수 없는 방향으로 풀려가고
완고하게 제자리를 지키던

물건들도 다시 그 자리로 돌아가자고
아우성을 치는 것 같아

하지만 이제는 어쩔 수 없이
한때 햇살처럼 빛나던 기억들
혁명으로 부활하려던 기도들
유령처럼 일어나
어두운 창고의 철제문에
자물쇠를 채우네

한때 석상처럼 우뚝하던 기억들이
다시 영어의 몸이 되네

3월 1일의 눈

마을 공회당 앞마당에
청년들 모여들어
솔가지 꺾고 대나무 쪄 날라
달집 둥둥 올려놓고
저 푸르른 집 위로는
시방 3월의 눈발이 들이치는데

우리 세상의 가장자리에 몰려와서
더는 갈 데 없는
마음의 한 평 땅 빌려
술상 한 상 차려놓고
혹시 당신 올까 기다리나니

저 달집 속에
헤죽헤죽 웃어대는 남루와
설날도 혼자 쇠던 외로움과
고정간첩처럼 암약하는 허무 따위

모조리 집어넣고
곧 불덩이 당기려 하니

3월에 내리치는 눈은
문고리 붙잡고 주저하는 나에게
저 이글이글 타오를
생의 불구덩이에 들어가라고
등 떠미는
마지막 신호인지도 모르겠군

새벽달

누군가의 목마름으로
저 하늘로 떠오른 달이
이 새벽 포슬포슬
눈으로 내려오는가

마당에 뛰노는 강아지들처럼
제 반경에서 우쭐우쭐 춤추며
단 한 명의 탈주도 없이
단 한 번의 배신도 없이
땅 위에 내려와
내 얼굴의 기름기 씻어주는가

대낮에도 어두워
촛불처럼 흔들렸지만
동종에 새겨진 몇 마디
웅얼웅얼 읊조리며

꽃들이며 새들과 함께
순명하자는
변치말자는 마음 하나
이 새벽
달빛으로 내려오는가

아직 오지 않은 날

　아이는 어느새 늙어 찌든 담배냄새를 풍기며 도시의 뒷골목을 배회하는 무뢰한이 될 것이다 그는 누런 웃음을 흘리며 자기의 생 앞에 비굴하게 무릎 꿇을 것이다 누군가 이유 없이 치고 밟아도 헤헤거리며 쓰러져서 아스팔트에 달라붙은 길고 양이처럼 사라져 갈 것이다 아직 오지 않은 날은 대부분 지금의 어른들이 만들어 놓은 무서운 옛날이었다

　내가 가르친 아이는 끝내 공무원 시험에 합격하지 못하고 배달천국에 배달 영업사원으로 취직했다 나도 선생질을 작파하고 산에 오르내리면서 노가다를 뛰고 있을 때였다 배달을 해야 해서 경차 모닝을 샀다고 했다 연말에 내게 놀러온다고 해서 호기롭게 오라고 했다 사제동행이었다 절망 뒤에 희망이 온다는 말은 무책임한 어른들의 헛된 주문이었다

28

허수아비

장태*를 굴리며 황룡강을 건너
장성 갈재를 향해 진군하던 사람아
제 땀 흘리던 논으로 끌려나와
제 피 말리며 빈 들 지키는 사람아
오, 그대의 치욕으로
나 한 덩이 밥 먹고
겨울 초입의 빈 들에 섰네
당신은 두건에 얼굴 가리우고
가을햇살에 못 박히려는데

나의 형벌 대신 사는 사람아
제 고혈 앗기우고
내 얼굴의 기름기 준 사람아
그 사람 잊지 않으려고
나 빈 들에 섰네

* 동학농민군이 방어용으로 쓰기 위해 대나무로 만든 큰 통의 바구니인데 동학농민전쟁
때 장태 속에 볏짚을 넣고 관군과 접전하여 승리를 거두었다.

독毒

습관처럼 하게 되는 반성은
금세 넝마처럼 해져서
싸구려 정신 위에 입혀질 테니
술상에 나오는 번데기 안주처럼 멀리했다

하지만 더 일찍 멀어져야 할 것이 있었지
세상이 항상 나에게 우호적일 거라는
허황된 믿음을 버리지 못해
생은 얼마나 초라해지던가

하루하루의 비겁한 연명에다가
사행심 많은 사람의 허황됨에다가
어느덧 폐사지의 돌들처럼 구르게 된 나를
좀 더 일찍 마을 저수지에 던져 버려야 했지

가당찮은 비둘기는 날려 보내고
흑뱀 한 마리 키워야 했지

비겁한 수작은 단번에 보낼 수 있도록
소주 한 컵 정도의 누런 치명은 품어야 했지

고드름

그 아침엔 처마 밑에서
군장 검열을 받기 위해
이 악물고 도열한 병사들 같더니
그새 낙숫물로 떨어지는구나

그들은 전투에 나아가
모두 몰살당한 것일까
저 뚝뚝 떨어지는 물은
병사들의 검붉은 선지피일 텐데
햇살에 수정처럼 반짝이는 것은
싸움도 사랑도 그 무엇에서도
지는 것만이 순정하리라는 것일까
나는 이기러 나아가겠지만
결코 이길 수 없으리라는 것일까

어둠이 오면
패잔병들 몸 추슬러

다시 제 몸으로 돌아오겠지

싸움도 사랑도 그 무엇에서도
완전히 패퇴하는 것만이
맑게 돌아오는 일일 수 있겠지

길가에 선 단풍나무는

내 속에 흐르는 피에도 비린내가 나는 걸까
길가에 서서 그대 사는 땅 생각하는 걸 보면

내 속에 흐르는 피도 저 석양의 빛깔로 물들어
그대의 손에 흐르던 온기를 기억하는 걸까

해진 옷 한 벌 식은 밥 한 덩이로 떠돌다가
낯익은 능선 밑 낮은 기와집에 엎드린 그대여

한 생의 기억을 바람의 갈피에 남기기 위해
내 천 개의 손 붉은 깃발이 되어 길가에 섰네

석양에 일렁이는 억새들은 그대의 얼굴이었는데
사랑한다는 말 못 하고 길가에 선 단풍나무는

제2부

반야의 당신

무명의 노래

　제주 성산포에서 구례 하사마을로 거처를 옮겼습니다 제주
의 숱한 오름들을 떠돌던 바람이었다가 반야봉의 써레와도
같은 구상나무가 되고 싶었습니다 헛간 옥상으로 쏟아지는
별들은 떠돌던 내 마음을 기억할지도 모릅니다 별들은 오래전
에 죽은 사람의 얼굴이어서 헤엄쳐 갈 수도 버스를 타고 갈
수도 없어 저녁마다 서로를 향해 노래 부를 것입니다 당신의
귓전에 닿는 내 노래는 이 세상에 없는 얼굴을 돋을새김하겠지
요 아, 얼굴도 없이 노래하는 사람 그것이 제 삶의 계절이었습니
다

가을의 잠

가을은 계절의 흉터였나 보더군
이제 물 들어찬 아궁이에
되다 만 시들을 불태워
시린 꼬리뼈를 데워야 한다

불면을 몰아오는 생 어딘가에
구절초 무리지어 춤추고
다시는 다시는
너무 예민하게 눈 뜨지는 말자

지난여름은 날것처럼
선정적이었다
어릴 적 하늘 가득
내려오던 삐라들
거기에 적힌 투항 권유의
문구들처럼 퇴로를 조여왔다

다시는 오지 않을 가을의 잠이여
죽어서 방구석에서 나풀거리는
날벌레들같이
벗나무 잎사귀들 순식간에
져버리는 것같이

나와의 이별은
너와의 이별보다
더 무섭고 외로운 것을
생사의 결단으로
입술 깨물어야 할 것을

인연

이불 속에서 잠들었거나
땅속에 묻혔거나
물속에 잠겼거나
그곳이 그대의
편안한 잠자리이길 바란다
이 세상의 온갖
날파리, 개미, 지렁이들과 함께
편안히 잠들길 바란다

그러면 나는
물가에 선 때죽나무 이파리들처럼
파르르르 매달려

어쩌다 내 몸에 든
수천수만의 눈을 뜨고
그대의 몸을 한 방울 남기지 않고
들여 마시리

인연 없이 왔다가
인연으로 떠나간
그대여

산국

해가 뜨기 전까지는
흰 서리 둘러쓰고 서 있으리
나로부터 흘러내린 체액이
저녁내 얼어붙어
누군가의 여생을 위해
희고 얇은 외투를 보낸 것이리

더 이상은 흔들리지 말라고
드디어 가을 서리를 껴입고
추상처럼 세상을 지켜보라고

지난 계절
우리 흘린 피와 눈물이
또다시 차갑고 굳게 결빙되어
세상을 지켜내라고

해가 떠서

차고 흰 외투를 벗고

빙그레 웃으며

당신을 맞이하기 전까지는

나의 저녁

별들이 여름 고샅에 노니는
반딧불이처럼 번진다
나도 잠시 온천에 가 쉬고
돌아오는 길 어두워져서
황금빛 은행나무 못 보았다

나무들도 구판장으로 모여들어서
그렁그렁 얘기를 나눌까
나도 내 잔에 술 따르고
나무들의 숨소리에 귀 기울인다

빗방울 듣듯 잎새 떨어지고
더 초라해져서 더 깊어진
동네 형처럼 내 앞에 떡 앉은 사람
단 한 번도 실수 없는 배우가 되어
그의 대사를 내뱉는다

그 극장에 나 홀로 앉아
그의 명연기를 들이켠다

비가 내린다

비가 내린다
가자 지구에 떨어지는 이스라엘군의
미사일 파편처럼
사도 바울의 복음이
수천수만 개의 화살탄이 되어
집 앞 실개천에 꽂힌다
비인지 피인지 낭자하게 흘러
몸피 불린 사춘기 소년처럼
당돌하게 사립문 앞을 막아선다

돌팔매끈 대신에
장총을 맨 다비드여
쉰넷의 내가 너를 잘못 키웠구나

비린내 썩는 내 풍기며
실개천 흘러가는데
흘러가면 뭐하나

살기로만 가득한 채
섬진강으로 남해로
흘러간들 뭐하나

비가 내린다
피가 흐른다
하늘 가득
노려보는 눈초리들에 막혀
반백이 된 사내 하나
사립문 안에 갇혀 있다

섬진강 물 냄새

열흘 뙤약볕 노가다일에
저녁마다 생소주질 빠지지 않아
버릇처럼
일기예보만 들여다보았다
비가 와 줘서
하루 종일
방 안을 뒹굴고 싶어서

기적처럼 전화가 와
상반기 일 끝났으니
나오지 말라고 한다
대나무 사립문 열고
투망 어깨에 메고
섬진강으로 차를 몰았다

텃밭의 풀들은 내버려두고
마당의 강아지들도 내버려두고

풀도 강아지도
한세상 사는 일
참견말자고 내버려두고
너희들도 나처럼
한세상 사는 일
참견하지 않으려고 내버려두려고

맛없는 갈피리들만 꼬여들어도
은어는 딱 한 마리만 걸려들어도
섬진강 물 냄새에 코를 박는다
불현듯 사무치는 그 냄새에
온몸을 적시고
언젠가 나 또한 섬진강으로
흐르게 될 날 꿈꾸고

어느 날 문득 화엄골에 갔더니

어느 날 문득 화엄골에 갔더니
세상의 모든 깃발들
형형색색 다 모였습디다
나만의 것이었던 이별도
제2훈련소에 모인 오합지졸
그 하고 많은 사연들 속에선
내 처음도
당신이 오래전에 흘린 눈물
저 화엄골의 물처럼 흐르자고
한생이 물이 되어야 한다고
당신의 말은
자꾸 뒷덜미를 붙잡아
당신의 주변을 흐르던 나는
함께 흘러가서 좋았습니다
끝은 시작이니
생의 낯선 결단이니
어느 어둠도 너무도 낯익어

시방 저 온 천지 만장들은
분명 돌아온다는 언약이라지요
다 모였습니다
세상의 모든 깃발들 형형색색
어느 날 문득 화엄골에 갔더니

새로 두 시의 비

자정도 넘은 심야에 웬 폭우일까
아침에 논에 가서 피를 뽑으며
모보다 더 무성한 피를 뽑으며
유산각 기둥에 기대어 본 하늘은 잠잠했는데
누군가 두고 간 소주병 홀러덩 마시고 난 후
팽나무 그늘은 우렁우렁했는데

처서도 지나고 추석은 다가오고
이 집도 이 땅도 이 하늘도
내 집 내 땅 내 하늘이 아닌 듯해
어디로 갈까 어떻게 살까
정수리는 무릎 속에 파묻히는데
새로 두 시도 지나 비는 내리고
아우성 소리를 내며 내 등을 떠밀고

아버지 묘소엔 내일 갈까 모레 갈까
까까중 된 묏등에

막걸리 한 잔 뿌리고
담배 한 개비 태워 드린 뒤
당신 살았을 적 다짐들 다 허허로운 뒤
담양 창평 연화촌 영원히 묵을 집 찾아
광주 중흥동 골목길 벗어난 뒤

내 마음은 낯선 정처를 찾아 떠돌다
어느 뇌우에 빗맞은 영혼이었을까
새로 두 시도 넘었는데
비만 내리고
사납게 사납게 세상을 때리고

벚꽃 핀 천변으로 갔다

벚꽃 핀 천변으로 가기 위해 세 곳의 신호등을 건넜다
벚꽃 핀 천변의 황홀을 만나기 위해 세 번의 기다림을 견디고
아스팔트 절단기 정비점과 대형 냉장기 취급점들을 지났다
벚꽃 피워낸 나무들의 환부를 쓰다듬으러
천변의, 내가 아주 오래전에 밤새워 소주를 마시던
포장마차들이 줄지어 선 길가를 지나 천변에 들었다
나무의자에 앉아 담배 한 개비를 꺼내 물었지만 라이터가
없었다
벚꽃 그늘에 앉아 나는 내 생이 아주 더디게 점화된다고
느꼈다
아니 이 세상은 온통 불의 천지임에도
나는 아직도 그 불씨 하나를 못 얻은 것인지도 모른다
라이터 한 개를 사기 위해 도로에 올라와
내가 아주 오래전 쉬 점화되던 시절
밤새워 소주를 마시던 포장마차들이 줄지어 선 곳을 지났다
라이터 한 개를 사기 위해 세 곳의 신호등을 건너고
아스팔트 절단기 정비점과 대형 냉장기 취급점들을 지났다

벌써 벚나무에 매달렸을 꽃잎들이 성기게 날렸다

라이터 한 개를 사 담배 한 개비를 피워 물고 꽃그늘에
앉았다

벚꽃 잎들이 눈 가늘게 뜨고 담배를 피워 물고 서성대고
있었다

벚꽃 잎들은 벚나무의 생에 불붙은 불꽃이었다

찰나의 불꽃이 타올랐다는 기억 하나로

생에 다가오는 온갖 신산고초마저도 황홀하게 할 것이다

아스팔트 절단기는 흉한 소리를 내며 아스팔트를 절단할
것이다

대형 냉장기는 수리되어 한때 뜨겁던 기억들도 끄집어 낼
것이다

어느 날의 생은

허름한 선술집
전기요 위에서
헤어드라이어처럼 접혀 잠든
주모를 깨워
막걸리 주전자를 채운다

벽면을 거의 다 채운 거울 앞에서
술잔을 들이켜면
거울 속의 한 사람
눈은 퀭하고 볼따구니는 고랑이 파여
피곤에 전 얼굴로
골똘히 이쪽을 건너다본다

당신도 나도
어느덧 생의 팔부 능선에 오른 건가
이제 소원했던 것을 다 이루어
이 낯익은 도시의 골목에

혼자서 진치고 기다린다

언제고 어디에서고
나와 함께 있을
그 무소식을
마신다

새벽별

그 새벽별들이 왜 그리 물기에 젖어 몽글거렸는지 알 수 없었습니다 화로에서는 석전에 나선 아이들이 내는 고함소리를 내며 나무들이 타들어갔습니다 그리고 그날 평생을 가난한 수행자처럼 산만 다니던 사람의 스무 살 외동아들이 세상을 떴다는 소식을 들었습니다 그 사람은 넋을 놓은 채 툇마루에 앉아 있고 중이 된 그 사람의 남편은 말없이 장작만 패더라는 얘기를 전해 들었습니다 구판장에 가 소주 두 병을 사다 마셨습니다 다시 그 새벽별들을 보았습니다 낮게 뜬 별들 사이로 터져 나오는 그 사람의 통곡을 차마 다 듣지 못했습니다 가까운 하늘에서 별 하나 타올라 흰 재로 떨어지는 것을 지켜보았습니다

진달래꽃

누가 저기 야산 능선에 붉은 병풍 둘러놓았나

누가 저기 야산 능선에 붉은 눈물 떨구고 갔나

매화 핀다고 벚꽃 핀다고 사람들 모두 몰려갔는데

누가 저 산 지키어 서서 떠나간 이들 이름 부르나

반야의 당신

―박영발 비트에서

불이 당신을 타오르게 하고
바람이 당신의 이목구비를 기억하게 한다
이 숲 속에 서 있는 모든 나무들은
당신이 육필로 새긴 메모들일지니

쓰러진 나무들이라도 염해서
한 짐 지게로 옮겨와 아궁이에 던지면
그 불길 속에 비로소
당신의 얼굴 어른거리니

우리는 만나서 서로 살 맞대어야만
불타오르거니
이승에서 따로 섰던 나무들이
저승의 초입에서 서로 만나
한 몸으로 타올라
반야의 종소리로 울려 퍼지는 것이거니

타닥타닥 나뭇가지들 타는 소리에
저 반야의 봉우리 뒤 어두운 동굴에
누운 그대가
뒷산 근처까지 어슬어슬 내려와
나를 부르네
화염으로 월월 불타는 심장 하나가
나를 부르네

제3부

파랑 또는 파란

피아골

    숲에서 떡갈나무 잎새 하나 몸 뒤채며 떨어진다 고요한 숲 속 어디에서 바람은 이는 걸까 바람은 잎새의 속눈썹을 쓸어 감기고 나무는 바람의 선소리에 줄지어 섰다 이때쯤 무당새 몇 마리 날아오리 능선은 오래도록 사막에서 걸어온 낙타들처럼 선 채로 깊이 잠들리 저 잎새 하나 숲 속을 비행하기 위해 모든 나뭇잎들이 제 색으로 물들기를 약조한 것이리 붉고 노랗다라는 말은 다만 사람들의 말일 뿐이리 고요가 모든 색들을 빨아들인 후 다시 훅 불어서 이 골짝의 색들을 이루어 놓은 것이리

호박넝쿨을 거두며

11월 초겨울 비에 마당의 호박넝쿨이
마른 꽃처럼 마당에 달라붙었다
아직도 그 마른 몸뚱이
어느 사이로 따뜻한 젖 흐르는지
호박 두 마리
늙은 제 어미의 젖을 빨며
차가운 마당에서 놀고 있었다

이제 내가 너의 눈을 감겨야겠다
허청 지붕을 기어오르며
앞집 지붕도 올라타며
온 마당 발 디딜 틈 없이 뻗으며
이 세상 살아냈구나

네가 낳은 새끼들
하나둘 여기저기 나누어 주고
너는 이제 마지막 숨결로

너무도 가볍게 남았구나
이제 네 눈을 감겨주마

잘 가라
생의 질긴 기억이여
두엄자리 네 유택에서
잘 쉬어라

생강나무 잎새처럼

틀 음악이 훤히 짚이는 디제이처럼
나도 내가 쓸 시가 미리 다 짐작되는
그런 시인이고 싶다
알다가도 모를 그런 사람이 아니고
구례 동아식당이나 광주 영흥식당 뒤지면
반드시 막걸리 주전자처럼
둥글둥글 웃으며
구석자리 차지하고 있을 사람
결연한 편지 남기고 사라져 봤자
휴전선 아래 어느 산자락이거나
퇴락한 바닷가 마을 어슬렁거리다가
누렇게 웃으며 나타날 사람
이것저것 다 해보아도
실패가 늘 밥상처럼 차려진 사람
당분간 살아서
우리 생의 기쁨이랄지 기품이랄지
바람처럼 전해올 사람

그가 부를 노래 훤히 짚이는 사람처럼

당분간 투명하게 살아내서

무성한 숲 속 생강나무 잎새처럼

물들고 싶다

문 닫은 구판장

구판장 쥔네에게 무슨 일 생긴 걸까
며칠째 자물통만 앙당 입 다물었다
허리 굽은 늙은이의 그림자도
서성거리지 않는 초여름
퇴비 포대 마른 논에 뿌리고
장화 신은 다리 질질 끌면서
막걸리 몇 잔 청해서
마른 목 축이려 들여다봐도
땡볕만 쨍쨍 유리문을 두드린다
툭 하면 희망이 절벽이여 하며
장기 두러 나타나는 인태 형도
섬진강에 투망 던지러 갔을까
하릴없이 정자 옆 팽나무에 기대어
오래된 마을 전설이나 청해본다
섬진강 넘실대며 굽이굽이 흘렀을
그 옛적의 이야기 청해 들으며
혹시 구판장 쥔네 올까 기다린다

내 마음도 이렇게 굳게 닫힌 적 있었는데

기다리면 오겠지

기다리면 문 열겠지

구식 변소에 앉아

구식 변소에 앉아 아랫배에 힘을 주며
마당에 가득 내려앉은 달빛을 본다
기억하지 못할 꿈처럼 사라진 홍매는
이 봄밤을 어떻게 기억할까

생이 항상 저렇게 고즈넉하지만은 않지
내 언제 그런 깨달음을 얻었는지 모르지만
지금도 어느 파도에 실려 온
갈매기 울음소리 문득 따라가고픈 충동
아직 채 버리지 못해

읍내에서 나랑 비슷한 중년 사내랑
소주에 낮술하며 먹은 산낙지
벌어진 이 틈에 끼어
참 질기게도 씹히는군
생의 인연이란 그런 것인가
버리지 못할 그리움은 더 질긴 것인가

저 아래 어두운 곳
차마 내려다 볼 수도 없는 곳을 향하여
내 몸을 빠져나간
덩어리 하나
툭
낙하하는 봄밤

너 보낸 다음날

너 산동 하원마을에서 죽었다는
전화 받은 밤
하사마을에서 택시 타고 쫓아갔더니
빙그레 웃는 듯이 잠들었더구나

그 밤 네 아내와 아랫집 할배랑
뜬눈으로 오종종 지새고
너와 처음부터 끝까지 같이 있다가
그 뜨겁던 너의 몸뚱이 데리고 가
더 뜨거운 이 세상의 불길에
너를 넣었다
네 몸 타는 두세 시간 동안
담배 열 개비 정도 피우는데
그 산에 이팝나무 꽃들 여전하더군

뜨겁지도 않니, 잘도 견디더구나
꿀단지 같은 상자 하나에

담겨 나온 네 뼛가루
지난 겨우내 너랑 나랑 끙끙대며
지은 작업실 뒤에 뿌리고

그 다음날이 구례장날이었는데
거짓말처럼 네 이름자 찍힌
전화벨 울리지 않더구나
온종일 기다려도
너에게서 소식 없더구나

장마 무렵

장맛비 무섭게 내리는 날
마음의 습지에 불을 지폈다

근원을 알 수 없는 곳으로부터 흘러와
마당을 흥건히 적시는 물
육신의 선지피 다 짜내
어제를
너와 함께였던
그 어제를 떠나보내네

읍내에서 오는 군내버스 도착할 무렵
마당에 서성이다
문득 문수골에라도 갈까
내 마음 이미 떠났으니
껍데기 육신이라도 갈까
흐르는 물에 갈잎처럼 떠갈까
부는 바람에 지전처럼 날려갈까

저기 저 진흙탕을 흐르는 물도 저리 맑은데
나도 그리 흐리지 않겠구나
아직 내 영혼 흐리지 않아서
떠나가도 좋겠구나

성산 바다

성산 바닷가에 남은
내 그림자 서성이다
바람에 날려가네

내 언젠가
선착장에 끌어올려진
배의 밑바닥에 슨 녹을 보았던가

떠나갈 수 없으리
내 그림자의 오장육부에도
찰떡처럼 더께진 녹
채 없어지지 않아
나도 내 떠나온 곳으로
돌아갈 수 없으리

빈집에 홀로 남아 몇날며칠
무료해진 백구처럼

나도 저 망망을 향하여
소리쳐 울어야 하리

그대 저 수평선 건너
둥싯 내게로 오라고
백골처럼 서 있는
저 등대 불빛 향해
노 저어 오라고

파랑 또는 파란

뒤뜰을 바다로 깔았다
내 뒤뜰로는 파랑도
끼룩거리는 철새처럼 밀려오는 것인데
나의 배후가 짙푸르게 물들어
끊임없이 출렁인다 해도
당신은 그 어느 피안에서
흰 주단을 덮고 눕길 바란다

생은
한 필지의 주민등록지 위에 내리는
폭우와 싸워나가는 것

내 영혼이 노쇠한 낙타처럼
더 이상은 어디로도 갈 수가 없을 때
비로소 생은
신축 교회의 십자 네온사인 같은
헛된 경전을 집어던지고

겨우 허름해질 수 있는 것

생애 처음으로 내게 온 남루여
뒤뜰 토란잎에 맺힌 물방울처럼
고요히 내려앉은 파란이여

제주 바다를 떠나며

안녕
잠시도 가만히 있지 못하던 바다여

아편에 취한 사람처럼
짐작도 할 수 없는 곳으로
날뛰던 내 형제여

나는 그대의 등 뒤에 서서
겨우 말더듬이를 벗어난 소년
해안 절벽에 묶여 풀 뜯는 종마
잉크 색으로 물들어 손짓하는 쑥부쟁이

안녕
간신히 잠잠해져 나를 에워싸던 바다여
온 몸에 구멍 뚫려
바람이 먼저 도달하던
이복형제여

새우젓

한때는 하늘을 날던 부메랑일 때도 있었지

적막 한 줌으로 절여진 어두운 곳간에서

지금은 누굴 위해서 부글부글 끓고 있나

생은 끔찍한 노역이거나 담배 한 참 동안의 한숨이거니

내 잠시 쉬었다 가는 간이역 옆 여관에서

그대 뒤틀린 생애 불러내 소주잔 들이켜네

저 새떼들

누가 저 새떼들보다 먼저
하늘을 날다 갔을까
개점휴업 상태의 가게와도 같은
한 마리의 적요를
파리채로 휘젓고 있는 때에
느닷없이 나타난 새떼들의 군무
더구나 나는 기약도 없는 노역에
삶에도 그 무엇에도 다 지쳐
헛꽃만 같은 일생을 내동댕이칠 판인데
웬 새떼들의 춤일까
먼 나라로 날아가는 새떼들이
만드는 알 수 없는 무늬는
무슨 지령을 감추었을까
아마도 제 묻힐 무덤을 찾는 것일까
아마도 제 묻힐 무덤을 찾지 못해
하늘에 떠 있을 시간이 그만큼 연장되고
하늘에 떠 있는 것도

나의 노역처럼 헛된 것은 아닐까
먼 나라로 날아가는 새떼들이
만드는 알 수 없는 무늬는
도대체 무엇이었을까

꽃이 피는 것은

꽃이 피는 것은 겨우내 꾸었던 꿈이 나무에 맺히는 것이다
생을 산다는 것은 꿈의 조각을 수놓는 일이다 꿈이 이루어지거
나 이루어지지 않는 것은 단지 꽃이 많이 피거나 피지 않는
것과 같을 뿐이다 매화나무에 다가가 이제 피어난 꽃송이를
바라보는 것은 간밤에 꾸었던 꿈을 내 눈으로 어루만지는
일이다 놀라운 것은 꽃 피지 않은 세상과 꽃 핀 세상이 저리
다르다는 것이다 나는, 오랜만에, 꽃 핀 세상으로 나아가려고
한다 꽃 핀 세상 보기 위해 가방 메고 나 여기에 왔다 검은
나무에 흰 꽃 피는 것은 내 지난겨울 움츠려 꾼 꿈이 검은
나뭇가지에 맺히는 것이다

폭설의 풍경

눈 내릴 것 같은 날엔
지리산 심원마을 민 씨네 민박집에 들었다

이곳에 오려고 20년이 지났다
부유하던 마음이 돌아오고
폭설도 돌아와 서로 마주치는 것이

술상과 이부자리와 고로쇠 약수를 가져다주던
사람은 눈에 보이지 않았다 묻지도 않았다
술을 마시다 오줌 누러 문을 열고 나오면
어느새 폭설이 문지방까지 몰아붙여
유배 온 사람처럼 하늘을 올려다보았다

하늘에선 부나방처럼
땅에선 강아지처럼 놀았다
순백의 풍경은 차라리 이 세상이 아니어서
저 반야의 능선 너머로 행진해야 할 것 같았다

먼저 길 떠난 나무들이
얼어붙은 면류관을 쓴 채로
어린 코끼리들 어서 오라고 소리쳐 불렀다

제4부

기린

그렇게 우리는 삶이라는 지옥을 탈출했다

꿩 한 마리가 꽃들의 붉음을 물고 후르릉 날아간 곳은 나무들의 초록이었다 진달래가 꽃을 피워 꿩 한 마리의 비상을 향해 무리지어 손 흔드는 곳은 산정으로 오르는 길목이었다 산새는 지저귀다가 보라로 젖고 당신은 타오르다가 가루로 흩어진 봄날이었다 그 봄이 마당 가득 들어왔는데 어느 날 장끼 한 마리 날아가면서 풍경이 모두 지워져 버렸다 당신과 내가 깃들여 사는 세상은 마을 저수지의 맑은 얼굴이 아니었다 그곳은 어떤 아우성도 들려오지 않고 매일매일 잉크로 쓰는 일기장도 순식간에 백지로 남는 세상이었다 아, 우리는 백지 한 장 위에 한평생을 싣고 바다를 건너려 하였음을 비로소 깨닫는 봄날의 아침이었다 누가 이 지옥에 우리를 밀어 넣었는가 외쳐 보아도 수천수만 개의 눈동자들이 우리를 바라만 볼 뿐 아무도 손을 내밀지 않았다 그렇게 우리는 삶이라는 지옥을 탈출했다

어둠이 오고 가로등이 켜집니다

어둠이 오고 가로등이 켜집니다 가로등이 켜지고 더 깊은
어둠이 옵니다 개들은 어둠 속에 무엇이 웅크리고 있는지를
봅니다 더 깊어진 어둠이 개들이 짖는 소리를 감쌉니다 누구도
쉬 잠들지 못하는 저녁입니다 가로등이 켜지고 더 깊은 어둠이
오고 당신은 문바우등의 숲에서 이 불빛을 돌아보고 왕시루봉
지나서 문수골까지 갈지 모릅니다 아, 당신의 숨결이 저 가로등
위에서 넘실넘실 춤추는 것을 지켜봅니다 나는 당신의 사람,
당신이 나누어 준 떡 한 조각의 목숨이 맞습니다 어둠이 닳아
새벽이 오면 당신은 광명세상을 데불고 뜨거운 숨 내뱉으며
제 곁에 쓰러질지 모릅니다 그 새벽이 저 가로등에 척척 걸쳐져
있습니다

자작나무 숲에서

　백골들이 일어나 성호를 긋는다 지상에서 숨을 쉬던 날들보다 자작나무 숲 속에서 보낸 오랜 육탈의 시간이 더 평온했다 그들은 흑빛 머릿결에 눈그늘 깊은 홍안의 선남선녀들이었다 바위 뒤에 굴을 파고 겨울을 버텨냈다 하늘에서 내리는 것은 눈만이 아니었다 미군 정찰기가 날고 선무방송이 계곡을 포위했다 계곡을 타고 토벌대가 밀려왔다 손이 뒤로 묶이고 연인을 안던 가슴에 까만 표식이 달렸다 자작나무의 몸에서 피가 튀었다 이미 숨이 끊어진 청년들의 머리에 권총 한 발씩을 더 쏘았다 나무들이 일어나 죽은 자들의 몸을 핥아주었다 짧은 이승의 시간이 가고 육탈한 백골들이 일어나 성호를 그었다

남로당 구례군당 비트에서

집이 없는 사람에게 길은 너무 멀고
그리움은 날마다 키를 키워
길어진 제 그림자 보게 한다
독버섯만 같던 어느 날의 생이여
너도 어두운 산으로
사라진 사람들 그리워하는가
집채 같은 바위 밑에 움막을 짓고
제 가슴에 영점사격을 해오는 자들과
동시대를 살았던 사람들
이곳을 참혹이라고 말하지 말자
섣부른 기도도 말고
우리 자신을 위해서
그 어떤 십자가의 집도 짓지 말자
여기는 진실로 사람다운 사람들의 성전 앞
졸참나무, 신갈나무들이
진군하여 마침내 저 바위 넘어
왕시루봉까지 행진할지니

여름이 다 오도록
진달래 붉은 것은 필시
그들이 흘린 피일지니
피아골 깊은 속살 찾아온 이여
자신을 위하여 눈물 흘리지 말고
인간의 깃발 세우기 위해
저 정신의 밀림,
산으로 간 사람들을 기억해야 하리

봉화초등학교

　아이는 제 엄마와 함께 동유럽으로 떠나고 나는 아이가 야구공을 던지며 놀던 운동장을 서성거렸다 은사시나무 그늘 밑에서 흙놀이에 빠진 아이의 뒷모습이 어른거렸다 고요는 호리병처럼 부풀었다 고개를 들어 올리자 아이의 모습은 보이지 않고 도열한 은사시나무들이 푸른 옷의 제복으로 바뀌어 어디론가 행군하기 시작했다 어느새 운동장은 연병장으로 바뀌고 병아리들처럼 깔깔거리는 소리는 구령소리로 바뀌었다 탐조등 불빛이 침을 흘리며 미친 듯이 어두워진 하늘 여기저기를 훑었다 호루라기소리가 운동장의 모래알들을 일으켜 세웠다 나는 갑자기 헛배가 고파져서 반합통에 라면 두 봉지를 끓여 입에 우겨넣었다 전역한 병사 하나가 거수경례를 붙여왔다 아이였다

별

별은 푸른 갈기를 휘날리며 평원을 질주하던 종마들의 눈동
자

댓잎 같은 속눈썹을 걷어내고 깊이 도려내질 당시의 피
냄새

공회당 앞마당에 진열되던 주검들, 그때의 순박한 아비와
영특한 아들

가마니에 둘둘 말아서 달구지에 싣고 가 툭 던져진 꽃들의
유해

그때 얼굴에 쏟아지던 빛의 무덤들, 생애의 마감을 연습하던
최초의 기억

저 어두운 저수지, 하늘로 아버지를 따라 올라간 오, 악몽만
같은 그림자 몇 개

꽃들

고개 쑥 내밀고 발 주춤하여 당신 있을 자리 내다보는 사람 있어

이 세상에 희미한 그림자로만 지나가는 사람은 없다는 듯이

그때쯤 당신의 빛깔과 향기를 닮은 꽃들 우수수 내려와

내가 상처라고 생각한 것도 실은 당신이 내게 준 생의 선물이었음을

그대 시린 계곡물에 반쯤 몸을 담그고 이쪽을 바라보는 사람아

기린

갑장계에 나가 회장이 가져온
사슴피를 소주에 타 마시고
입술에 묻은 피비린내인 채
노래방에 가서 신나게 놀았다
쓰러져 잠 깨어보니
내 곁에 기린 한 마리가
아스라이 하늘을 떠받들고 있었다
별사탕 모양을 한 얼굴이
오래오래 나를 내려다보았다
물방울이 몇 개 얼굴 위로 떨어졌다
내 입술이 더 붉게 번졌다

강가의 푸른 억새처럼

자전거 타고 강가에까지 갔다 오면 빨래터에서 생을 털던
어머니는 강가의 푸른 억새처럼 더 청신해져 있었지

무얼 알고 우는지 그땐 쑥국새의 울음도 어머니의 웃음소리
에 실려가 서쪽 하늘께가 술 취한 아버지의 얼굴보다 더 붉게
타오르기도 했고

우리의 생이 산죽처럼 일렁거렸을 때 아마도 어딘가에 영원
이라는 것이 있을 거라 믿던 때가 있었다

열차를 타고 일주일 만에 돌아와 보면 어머니는 무거운
발을 끌면서도 최선을 다해 생의 마지막 항구에 닿으려는
거 같은데

이제 얼마 남지 않았다는 표정으로 내 얼굴을 오래도록
바라보는 요즘 어머니가 나를 바라볼 수 있는 동안에만 우리는
영원할 수 있을지

어딘가에 있을 거라 믿어왔던 것들 구원이라든가 영생이라
든가 하는 것들 그런 것들을 발 아래 버리는 찰나에만 우리는
영원하리라는 것도

어머니의 잠

들창문 너머
팔십 어머니는
저녁내 잠을 못 이루고
덜커덩거린다

덜커덩거리는 것은
그릇들이 아니라
바람이 아니라
나의 불면
나의 몽유

어머니는 나의 몽유와 나의 불감을 대신 앓는 것이다
어머니의 생 전체는 실은 나의 몽유의 흔적인 것이다

나는 어머니를 잠 못 이루게 이 세상에 온 생이었다
나는 아버지의 월급봉투를 통째로 훔쳐 통일호를 타기 위해
이 세상에 온 생이었다

반투명 유리로 된
들창문 너머
냉장고 문이 열리고 닫힌다
나의 불면과 나의 몽유가
냉장고 안으로 들어가 냉장되고
이번엔 어머니의 생이
통째로 덜커덩거린다
밤새워 밤새워

진도

열아홉에서 쉰까지의 바다가 연륙교로 이어졌다
처음엔 천구백칠십구 년이었고 대입시험을 끝낸 우리가
철선에 실어 명량바다를 건너려 했던 것은
광주고속 버스가 아니라 집 나온 청춘들이 아니라
허기였고 허영이었다 운림산방 근처였지만 그런 건
아무런 상관도 없었다 그저 흘러간 옛 노래나 부르면서
벽지의 미로 속을 헤매듯 삶이 늘 번복할 수 없는
것이라는 예감을 했다 여기는 육자배기에 갇힌 곳
난바다로부터 멀고 청승과 울화로부터 가까워서
사람들은 피보다 붉은 홍주를 마시며 아침부터 취한다
오늘 독주를 앞에 놓고 개망초꽃보다 순한
순해서 승냥이들의 발톱에 찢겨나간 사람들을 말한다
녹진에서 우수영 사이를 진도 김과 홍주 병을 싸들고 오가던
너의 열일곱과 함께 했던 우리들의 도시를 말한다
국가와 나는 둘이 아니고 하나이다라는 구호를 이마에 붙인
우리들의 학교를 말한다 다들 무사하고 태연자약하겠지
쇠심줄 같은 연륙교를 태연자약하게 건너면서

명랑바다 소용돌이 위에 조용히 산화하던 눈송이들을
바라볼 수 없음을 슬퍼해야 할까 태연자약해진 내가
여전히 아프게 우는 그대에게 다가설 수 없음을

폭설에도 내 집 무너지지 않았다

폭설에 내 집 무너지지 않을까 싶어 바삐 집으로 돌아왔습니다 온 천지 흰 눈이 내린 곳마다 작은 집들은 힘없이 무너져 내렸습니다만 백두대간 금강송으로 세운 내 집 그 고대광실은 여전히 건재했습니다 폭설에도 앙버티는 내 집은 은성하던 시절을 수십 년이나 지나서도 여전히 그때의 얼굴을 하고 있는 여가수 같았습니다 가벼운 영혼들은 대개 가여운 영혼들이었습니다 나의 집도 이 세상에서 가장 가여운 영혼들에게 얻어맞고 무너져야 했습니다 그때서야 나도 가까운 호수에 쳐놓은 그물을 걷으러 황야에 설 수 있을 테니까요

어둠의 뒤에 서야만

어둠의 뒤에 서야만 마음이 잔잔해져요, 어머니 뒤돌아봐도
아무도 없는 산속에서 어머니의 무릎 아래에 있던 시간보다
더 길게 흘러버린 시간이 여기 이 숲에 와서 무릎 꿇고 있어요
이 산에서는 기억들도 거미줄에 잡혀 말라죽어요 거미줄에
매달린 이슬방울 하나, 내 팔에 떨어진 산수국 꽃술 하나만큼의
세월만이 어머니가 보낸 시간이겠지요 분홍빛 속치마 입던
시절 어머니가 부르던 노래 밤하늘에 잔별 같은 수많은 사연
꽃은 피고 지고 세월이 가도 그리움은 가슴마다 사무쳐 오고
그리하여 어둠의 뒤에 서야만 어머니가 보여요 술 취해 들어온
아버지의 양복을 간신히 벗기고 부르던 어머니의 노래 그
노래가 지금 내가 부르는 노래예요 어머니

겨울 숲

내가 아무리 오래 살았던들
나는 피려다 만 한 송이 꽃이다
괴로움이 메주덩이들처럼
속이 쩍쩍 갈라지며
죽은 증조모의 은회색 머리카락을
보여준다 할지라도
이 숲에서 나는
지난가을 떨어진 잣 열매 찾는
청설모 한 마리이다
그 짐승의 순정한 눈빛에 비하면
내 너무 오래 살았지만
저 눈밭도 지쳐 사위어가는 곳
움막집 하나 얻어
호롱불 곁에서 바느질하는 어머니
그 곁에서 꿈인 듯 생시인 듯
잠들었으면 싶다

그 이후

그리고 또 시간이 오래 흘러주어서
나도 어머니도 우물가를 지나는 바람만 할 때

마른 풀꽃 한 줌이 된 사람을 업어
대청마루 넓은 그 집 깊은 방에 눕히네

감나무 그림자 짙은 마당엔
양철 대문을 열고 들어오는 그가 서 있고

느닷없는 사이렌 소리 들리거나
탱자나무 울타리 옆 토란대들 수런거리거나

파란의 삶 뒤뜰엔 파랑이

박두규 (시인)

1

세상을 떠돌며 세월을 흐르는 일을 우리는 삶이라고 말한
다. 그리고 그 삶은 개인이나 자아나 혹은 어떤 존재라고
하는 한 생명의 활동을 통해 구체적인 한 인생이 된다. 사람들
은 이 인생의 길고 짧음이나 부유함과 가난함, 고귀함과 천박
함을 나름대로 살아내며 성공한 삶이니 실패한 삶이니 이야기
한다. 하지만 생각해보면 인생에 무슨 성공이 있고 실패가

있을 것인가. 세상의 나무들에게도 성공한 나무와 실패한
나무가 따로 있을 것인가. 생각할 줄 아는 유일한 영장류라는
인간만이 돈과 권력과 명예의 희로애락에 휘둘려 살며 성공이
니 실패니 하고 있는 것이리라. 사실은 그냥 살아가는 세월이
있을 뿐이다. 모두가 스스로 제 목숨을 위해 나름대로 지극정
성의 삶을 살다 갈 뿐이다. 사회적 통념이 이를 무시한다
해도 문학하는 사람들만이라도 이 진실을 붙들고 살아야
한다고 생각한다. 문학은 언제나 지극정성의 삶을 살아내는
우리 모두의 이야기가 아니던가. 간절함이나 그리움, 외로움,
사랑 등 이런저런 지극정성의 삶이야말로 인생이 아니냐고
문학은 말하고 있지 않은가. 송태웅 시인은 변방의 이름 없는
시인으로 살고 있지만 이런 문학의 본류를 묵묵히 걸어온
시인이라고 생각한다.

나는 이 시집의 원고를 읽으며 송태웅이라는 한 인생의
내빙(內氷)을 들여다볼 수 있었고 그 독한 외로움의 부피가
주는 중압감 때문에 한동안 침잠될 수밖에 없었다. 송태웅
시인은 후배지만 25년을 함께 해온 친구이기도 하다. 우리는
전교조 창립 원년 멤버로 순천에서 동지로 만나 교육을 포함한
당시 치열했던 사회변혁운동에 함께 합류했고 또 순천 교육문

예창작회를 만들고 이후 순천작가회의를 함께 해왔다. 그는
결혼 후 빚보증으로 파산을 하고 선생을 그만두고 서울로
광주로 학원가를 떠돌았다. 그렇게 세상의 쓴맛단맛 다 보더니
이혼까지 하고 반백의 나이가 된 그는 빈털터리가 되어 결국
내가 있는 지리산 자락 구례로 들어왔다. 저나 나나 3, 40대에
죽어라 함께 올라 다녔던 지리산 자락에 다시 둥지를 튼 것은
그래도 그 외로움을 말없이 품어주는 지리산의 넉넉한 품
때문이었을 것이다. 지리산은 수백 년 전부터 반역을 했든
살인을 했든 패륜을 저질렀든 세속에서 튕겨난 인생들을 아무
말 없이 따뜻하게 품어준 산이니 외롭고 가난한 시인들 몇쯤이
야 대수겠는가. 그는 이곳에서 그동안 지치고 피폐해진 몸과
마음을 추스르며 치유하고 싶었을 것이다.

　　제주 성산포에서 구례 하사마을로 거처를 옮겼습니다 제주
의 숱한 오름들을 떠돌던 바람이었다가 반야봉의 써레와도
같은 구상나무가 되고 싶었습니다 헛간 옥상으로 쏟아지는
별들은 떠돌던 내 마음을 기억할지도 모릅니다 별들은 오래전에
죽은 사람의 얼굴이어서 헤엄쳐 갈 수도 버스를 타고 갈 수도
없어 저녁마다 서로를 향해 노래 부를 것입니다 당신의 귓전에
닿는 내 노래는 이 세상에 없는 얼굴을 돋을새김하겠지요 아,

얼굴도 없이 노래하는 사람 그것이 제 삶의 계절이었습니다

—「무명의 노래」, 전문

2

　송태웅은 외로운 시인이다. 외롭지 않은 시인도 있을까마는
그는 너덜너덜한 누더기 같은 외로움을 사시사철 걸치고 다닌
다. 그는 외로움이라는 단 한 벌의 옷으로 한생을 나고 있는
사람이다. 그 외로움은 사실 누구나 존재의 바닥에 내장되어
있는 것이기도 하지만 삶의 외연적 관계가 깊어져 스스로의
내면으로 들어올 때 그 파장은 커진다. 그는 세파에 흔들리며
살아온 날들이 많다보니 세상의 옷은 다 해어지고 그 외로움의
알몸이 드러나지 않을 수 없었을 것이다. 그는 혼자 몸으로
구례에 왔으나 당장 먹고사는 일부터 해결해야 했다.

　나에게 스며온 너라는 어둠

　너에게 전염되어간 나라는 불치병

조금씩 일찍 떠나버리는 버스를 바라보며

혼자는 혼자를 만나 드디어 혼자가 된다

─「혼자」, 전문

사실 모든 문제의 원인은 자신이다. 내가 존재하는 시간과
공간, 그리고 그 속에서 나와 관계를 가진 사람들과 사물들과
또 그것들과 함께 처한 모든 삶의 정황들까지도 다 연기적
관계 속에서 함께 흐르고 있는 거라고 생각하면 더욱 그렇다.
전체는 언제나 그렇게 흘러갈 뿐인데 연기적 관계의 조화를
받아들이지 못하는 것은 언제나 에고의 의식일 뿐이다. 스스로
의 혼란 때문에 스스로 괴로워하는 것이다. 송태웅 시인의
외로움이 노출되는 생활의 부조화나 삶의 부적응이 있었다면
그것은 그의 타고난 예민한 감성, 혹은 그 거친 에고 때문일
것이다. 그 때문에 젊어서는 술자리 다툼도 잦았다. 하지만
지리산 자락으로 거처를 옮기면서 그 예민하고 거친 것들은
단단해진 외로움의 그늘 아래에 곱게 내장된 듯하다. 그가
처음 지리산 자락으로 들어온다고 했을 때만 해도 나는 속으로
'얼마나 있다가 떠난다고 할까?' 하는 생각이 먼저 떠올랐다.
하지만 그는 지리산 자락에 둥지를 틀고 자신의 영역을 잘

찾아가고 있는 것 같고 그의 가난도 제법 안정적으로 정착하는
듯하다.

뒤뜰을 바다로 깔았다
하여 내 뒤뜰로는 파랑도
끼룩거리는 철새처럼 밀려오는 것인데
나의 배후가 짙푸르게 물들어
끊임없이 출렁인다 해도
당신은 그 어느 피안에서
흰 주단을 덮고 눕길 바란다

생은
한 필지의 주민등록지 위에 내리는
폭우와 싸워나가는 것

내 영혼이 노쇠한 낙타처럼
더 이상은 어디로도 갈 수가 없을 때
비로소 생은
신생 교회의 거대한 십자 네온사인 같은
헛된 경전을 집어던지고

겨우 허름해질 수 있는 것

생애 처음으로 내게 온 남루여
뒤뜰 토란잎에 맺힌 물방울처럼
고요히 내려앉은 파란이여

—「파랑 또는 파란」, 전문

지리산 자락에 들어온 송태웅 시인의 삶의 또는 의식의
현주소가 변하는 과정을 잘 드러내주고 있는 시다. 몸도 마음도
바닥을 치고 있는 엄정한 현실 속에서 그는 가식과 위선의
헛된 지난 세월을 집어던지고 허름한 마음으로 현실의 가난을
순순히 받아들인다. 그러자 그 신산스럽던 가난도 파란만장한
인생도 토란잎의 물방울처럼 고요히 내려 앉아 영롱하다. 그는
달라진 자신의 현실을 삶의 새로운 영역으로 받아들이고 있고
그 가난이 비로소 '삶의 실재(實在)'를 살게 하고 있는 것이다.
스스로의 삶으로부터 오는 빛나는 각성과 성찰이다.

그리고 시인은 자신의 삶의 배후에는 물결처럼 끝없이 밀려
오는 '파랑'이 있다고 말한다. 자본의 사회를 사는 사람들에게
가장 두려운 것은 죽음도 아닌 가난이라고 하는 세상에서,
가난은 무능함이고 비천함이며 장애라고 말하고 있는 세상에

서, 그런 가난에 휘둘리지 않고 가난을 보듬어낼 수 있는 것으로 자신의 배후에는 '파랑'이 있다고 말한다. 그 파랑은 바다를 치고 있는 자신의 몸과 마음의 현재를 치유할 수 있는 것이라고 생각하는 것 같다. 그 '파랑'은 뒤뜰의 작물들이든 자연이든 농사든 시골이든 무엇이든 어쨌든 생명의 근원에 닿아있는, 색채로서의 파랑일 수도 있고, 또 그간 자신의 삶을 출렁이게 했을 그 '파랑(波浪)'일 수도 있는 동음이의어로 작동된다. 삶을 찾아 뭍을 떠나 제주로 가서 쓴 시였을 것이니 그렇게 생각되기도 하는 것이리라.

3

사실 그가 처음 도피하듯 지리산에 들어와 피아골에서 한 6개월 남짓 보낼 때만 해도 그는 만신창이가 된 마음과 몸으로 절망의 나날을 보냈다. 그때 그를 구원한 것은 지리산이었다. 밥 먹고 산에 오르는 것이 그날의 모든 일과였다. 산에 오르지 않으면 온종일 술을 먹으며 하루가 지났으므로 몸이 지칠 때까지 산을 타고 숙소에 돌아와 죽은 듯이 잠을 자는 것만이 하루 삶의 최선이었을 것이다. 그렇게 한 달이 가고 두 달이

가면서 그는 숲을 보게 된 것 같다. 더 정확히 말하면 '숲의 고요'를 본 것이다. 고요, 정적, 적막, 침묵 등은 '명상'이라는 숲의 초입에 있는 나무들이다. 시인은 자신의 참담한 절망의 바닥이 보여주는 적막감을 통해 '숲의 고요'를 볼 수 있었을 것이다. 그리고 숲의 고요는 느린 화면이나 정지된 화면처럼 잎새의 속눈썹이나 무당새의 깃털 하나, 자신의 심장 박동소리까지 선명하게 피부에 와 닿았을 것이다.

숲에서 떡갈나무 잎새 하나 몸 뒤채며 떨어진다 고요한 숲 속 어디에서 바람은 이는 걸까 바람은 잎새의 속눈썹을 쓸어감기고 나무는 바람의 선소리에 줄지어 섰다 이때쯤 무당새 몇 마리 날아오리 능선은 오래도록 사막에서 걸어 온 낙타들처럼 선 채로 깊이 잠들리 저 잎새 하나 숲 속을 비행하기 위해 모든 나뭇잎들이 제 색으로 물들기를 약조한 것이리 붉고 노랗다 라는 말은 다만 사람들의 말일 뿐이리 고요가 모든 색들을 빨아들인 후 다시 훅 불어서 이 골짝의 색들을 이루어 놓은 것이리

—「피아골」, 전문

이 시를 읽으면 혼자서 오랜 동안 숲을 다닌 자의 냄새가

난다. 그런 자들은 세속의 바쁜 일상에서는 인지하기 어려운 '사물의 내면', '존재의 실재'라고나 할 수 있는 '숲의 이면(裏面)', 또는 '생각과 생각의 틈'이라고 할 수 있는 본질의 영역에 우연히 발을 디딜 수 있는 기회를 갖기도 할 것이다. 송태웅 시인이 꼭 그랬을 거라는 말은 아니지만 아마도 그는 자신의 절망을 떨치기 위해 산을 오르내리는 그 순간에만 집중하던 어느 순간, 그 '숲의 고요'와 맞닥뜨렸을지도 모른다.

위 시의 "저 잎새 하나 숲 속을 비행하기 위해 모든 나뭇잎들이 제 색으로 물들기를 약조한 것이리"라는 구절을 보면 그렇다. 잎새 하나가 존재하기 위해서 모든 주변의 잎들이 제각기 스스로의 모습을 견지하고 있어야만 한다는 인식은 일상 삶의 이면에 있는 보이지 않는 또 다른 삶의 질서에 대한 인식이라고 할 수 있다. '나'라는 존재를 위해 모든 것들이 있는 것이 아니라 모든 존재들이 저마다의 정체성을 가지고 제자리에 존재할 때 비로소 내가 나의 정체성을 가지고 존재할 수 있다는 것이다. 이는 에고의 감옥을 벗어나 본 자의 사유로, 혼자서 깊은 산을 오르내리며 고립감과 고적함에 온몸을 적셔보지 않고서는 다가가기 쉽지 않은 생각이다.

송태웅 시인은 지리산 자락으로 들어온 처음에 정말 열심히 산에 올랐다. 당시에는 본능적으로 그것만이 자신이 살 수 있는 길이라고 생각했는지도 모른다. 그리고 자신보다 더 절실하게 산을 타며 이동하지 않고서는 죽을 수밖에 없었을 한국전쟁 전후 지리산의 빨치산들을 떠올리게 되었고 그들의 삶을 짚어보며 자기 개인의 현실과 사회적 현실을 자연스럽게 오버랩 시킬 수 있었을 것이다. 그러면서 자신을 완강히 옭아매고 있던 개인적 삶의 범주를 깨고 사회적 삶에 편입시키면서 서서히 자아와 타자의 관계성과 그것으로부터 오는 균형감각을 되찾고 절망의 늪으로부터 벗어날 수 있었을 것이다.

불이 당신을 타오르게 하고
바람이 당신의 이목구비를 기억하게 한다
이 숲 속에 서 있는 모든 나무들은
당신이 육필로 새긴 메모들일지니

쓰러진 나무들이라도 염해서
한 짐 지게로 옮겨와 아궁이에 던지면
그 불길 속에 비로소
당신의 얼굴 어른거리니

우리는 만나서 서로 살 맞대어야만

불타오르거니

이승에서 따로 섰던 나무들은

저승의 초입에서 서로 만나

한 몸으로 타올라

반야의 종소리로 울려 퍼지는 것이거니

타닥타닥 나뭇가지들 타는 소리에

저 반야의 봉우리 뒤 어두운 동굴에

누운 그대가

뒷산 근처까지 어슬렁 내려와

나를 부르네

화염으로 월월 불타는 심장 하나가

나를 부르네

　　　　　　　—「반야의 당신-박영발 비트에서」, 전문

　　위 시의 부제로 오른 박영발은 한국전쟁 당시 조선노동당
전남도당위원장이었던 인물로 반야봉 묘향대 동남쪽 골짜기
의 암벽굴 비트에서 도당위원장으로는 가장 마지막에 죽은
빨치산이다. 빨치산 중에 살아남은 이들은 만델라가 27년을

옥살이 하고 나와 대통령이 되었을 때, 30년 넘게 옥살이를 하고 출소하여 나중에 '장기수 어른'이라 불리며 역사의 산증인이 되었던 사람들이다. 이들을 좌우 이데올로기를 떠나서 한 인간으로 가까이서 보게 되면 우선 몸에 밴 겸허함의 인품에 놀라게 된다. 그리고 일생을 견지하고 있는 불굴의 신념에 고개를 숙이게 된다. 그들은 '하나의 조국'을 위해 모든 걸 걸었던 사람들이고 가난하고 고통 받는 이들과 나눔으로 소통하고 사랑하는, 사회적 삶을 꿈꾸었던 사람들이기도 하다.

송태웅 시인은 지리산 반야봉 근처의 박영발 비트를 다녀온 날인지는 모르겠으나 어느 날 아궁이에 군불을 때며 박영발을 떠올린다. 시인이 그를 떠올리는 심경에는 이 분단국가의 정치 사회적 현실에 대한 분노와 사회적 실천 의지, 그리고 개인적 현실로부터 오는 착잡함이 함께 어울려져 있었을 것이다. 시인은 아궁이에 나무토막을 하나하나 던져 넣으며 박영발의 삶 속에 녹아 있던 사회변혁에 대한 열정을 떠올리고 그것이 자신의 현실 삶에서 어떻게 변주되어야 하는가를 생각했을 것이다.

4

　어쨌거나 송태웅 시인이 구례에 연착륙하는 과정은 결코 쉬운 일은 아니었다. 구례에 내려와 사귄 동병상련의 벗 자보(한국화가)와 동네 친구의 급작스러운 죽음을 바로 옆에서 겪은 것이며, 정면으로 맞닥뜨린 가난이라는 현실은 그가 거느린 외로움의 외연이었다. 사람들은 제각기의 방법으로 자신에게 주어진 외로움을 데리고 살지만 송태웅의 방법이라는 것은 이열치열이라고나 해야 하나, 더 독하게 외로워지는 것으로 그 외로움을 희석시켰던 것 같다.

습관처럼 하게 되는 반성은

금세 넝마처럼 해져서

너덜너덜 싸구려 정신 위에 입혀질 테니

술상에 나오는 번데기 안주처럼 멀리했다

하지만 더 일찍 멀어져야 할 것이 있었지

세상이 항상 나에게 우호적일 거라는

허황된 믿음을 버리지 못해

얼마나 생은 초라해지던가

하루하루의 비겁한 연명에다가
사행심 많은 사람의 허황됨에다가
어느덧 폐사지의 돌들처럼 구르게 된 나를
좀 더 일찍 마을 저수지에 던져 버려야 했지

가당찮은 비둘기는 날려 보내고
흑뱀 한 마리 키워야 했지
비겁한 수작은 단번에 보낼 수 있도록
소주 한 컵 정도의 누런 치명은 품어야 했지

—「독^毒」, 전문

　하지만 그럼에도 불구하고 이제 그도 지리산 자락에 어느
정도 자리를 잡아가고 있다는 생각이 든다. 구례와 주변의
사람들이 편해지기 시작했고, 세파의 거센 물결을 무리 없이
탈 줄 아는 사람이 되었고, 그 신산스럽던 삶이 시로 문학으로
손에 잡히기 시작했기 때문이다. 그리고 지리산과 섬진강에
둘러싸인 사람살이의 깊은 서정을 아무런 걸림도 없이 편안한
하나의 풍경으로 그릴 수 있게 되었으니 말이다. 그래, 시인에게
바라건대 제발 더도 덜도 말고 그대의 일상에서 건져 올린

이런 풍경만큼만 살 수 있기를. 그런 평범한 마을 주민이나 게으른 농부, 그리고 변방의 가난한 시인으로 어느 양지바른 기슭의 들꽃처럼 한적한 한 세월의 주인이 되기를.

    가을은 추사에게 당도하는 초의의 서신처럼 누군가의 안부를 걱정하는 사람의 눈빛으로 오는가 추사가 그랬다지 그대 나를 걱정하는 편지 더는 보내지 말라고 초의가 보내온 차 한 줌 우려 마시면서 추사는 뭍에 사는 이의 뜻을 다 알아챘으리 마루에 홀로 앉아 여기 내려앉는 고요를 다 마시듯이 가을 저녁은 사막처럼 적막하다 하지만 한 점 바람이 취꽃들의 사금파리 같은 얼굴들을 흔들고 급기야 마당 앞의 대추나무 미친 듯 춤추게 하는 회오리바람도 왔다 가리라 마루에 깍지 끼고 누운 사람도 낯선 꿈꾸며 그날 밤의 잠을 청하게 되리라

—「고요의 얼굴」, 전문

파랑 또는 파란

초판 1쇄 발행 2015년 12월 18일

지은이 송태웅
펴낸이 조기조
펴낸곳 도서출판 b
편 집 김장미 백은주
표 지 테크네
인 쇄 주)상지사P&B

등록 2003년 2월 24일 제12-348호
주소 08772 서울시 관악구 난곡로 288 남진빌딩 401호
전화 02-6293-7070(대) 팩시밀리 02-6293-8080
홈페이지 b-book.co.kr 이메일 bbooks@naver.com

ISBN 978-89-91706-24-8   03810

정가_8,000원